CONTOS CRISTÃOS

RL
Produções literárias

Referências bíblicas

Prefácio

O que é a vida cristã?

Como ela realmente acontece no dia a dia?

Como saber se o que estamos fazendo está de acordo com os mandamentos de Jesus?

Como saber se estamos sendo bons cristãos?

São perguntas muito difíceis de serem respondidas. Às vezes, pensamos estar fazendo o melhor, mas será que é o melhor para Jesus?

Jesus não vem nos confrontar diretamente, pois não poderíamos respondê-lo. No entanto, Ele deixou sua palavra para consultarmos.

E se estivermos dispostos a entender e obedecer, ela nos levará ao caminho correto.

Índice

O tribunal de Cristo

Pois todos nós devemos comparecer perante o tribunal de Cristo, para que cada um receba de acordo com as obras praticadas por meio do corpo, quer sejam boas quer sejam más. (2 Coríntios 5:10)

Eis que é chegado o dia do Juízo Final, o dia em que todos devem comparecer perante Jesus, para que Ele examine as obras de cada um de nós.

Na entrada do tribunal, havia duas pessoas, Paulo e Dionísio.

O primeiro tem o nome de missionário e pregador, vindo de uma família cristã, sempre esteve envolvido com a igreja, porém o seu envolvimento não era de coração, ele fazia tudo como que por uma obrigação com seus pais. Com o passar dos anos, ele foi se afastando mais e mais das atividades da igreja, ia aos cultos a cada quinze dias, ou uma vez por mês. O distanciamento não era por motivos de trabalho ou estudo, era por preguiça e desânimo. Qualquer coisa era motivo para não ir à igreja, até mesmo a chuva ou o calor. Ao contrário do apóstolo, este Paulo não pregava para ninguém, não jejuava, orava pouco ou quase nada, não ajudava ninguém em nada. Ele sempre pensou que o fato de ser um cristão de domingo[1] era o suficiente para a sua vida.

Dionísio tinha o nome de um deus da mitologia grega. Sua vida

---

[1] Entre os cristãos, essa expressão indica uma pessoa que só vai à igreja e participa aos domingos (dia do culto principal), e essa pessoa não faz mais nada relacionado à vida cristã.

sempre foi muito complicada. Seu pai era alcoólatra, sua mãe uma fumante compulsiva. Quando adolescente, Dionísio conheceu o Evangelho e sempre orou e buscou incessantemente a conversão de sua família. Com o tempo, seu pai, mãe e irmãos se converteram ao Evangelho. Dionísio sempre foi muito esforçado em pregar o Evangelho, ele era testemunha viva do poder de transformação da Palavra de Deus. Ele participava na igreja como diácono, evangelista nas ruas e qualquer atividade que a igreja precisasse. Ele estava sempre disposto a ajudar todos que precisavam. Somente durante o período de faculdade Dionísio se afastou parcialmente de algumas atividades da igreja.

Agora ambos estão perante o tribunal de Cristo e cada um será julgado conforme as suas obras.

Os dois estão sentados esperando a chegada de Cristo para julgá-los.

Dionísio tinha a mesma aparência de quando era um jovem adulto, branco bronzeado, magro, altura média, cabelo preto curto e olhos castanho-claros.

Paulo também tinha a mesma aparência de jovem adulto, moreno escuro, magro, altura média, cabelo preto quase raspado e olhos castanho-escuros.

Jesus entra na sala e imediatamente Dionísio se lança ao chão de joelhos, reconhecendo a sua condição de pecador e a autoridade de Jesus.

Paulo pensou:

"Esse homem deve ser um grande pecador e por isso está assim. Ainda bem que não sou assim. Sempre andei corretamente perante o Senhor."

Percebendo a arrogância de Paulo, Jesus disse em tom enérgico:

— Ai de vós escribas e fariseus!

E mais uma vez Paulo pensou:

"Com certeza isso foi para aquele homem."

Jesus balançou a cabeça de forma negativa e passou a mão sobre sua face. Ele entrou no tribunal e chamou Paulo, e este pensou:

"Os melhores são sempre os primeiros escolhidos."

Paulo entrou na sala e não mostrou nenhuma reverência à pessoa de Jesus. Paulo fez como se conhecesse Jesus há muito tempo e fossem muito íntimos.

Jesus olhou com estranheza para a atitude de Paulo e disse:

— Não entendo. Por que está se comportando assim?

Paulo sorriu e respondeu com animação:

— Mestre! Eu te conheço desde criança. Somos melhores amigos.

Jesus estranhou:

— Melhores amigos? Você tem certeza disso?

Paulo respondeu com confiança:

— É claro que sim, Senhor! Desde muito pequeno eu ouvir falar no seu nome, fui batizado na adolescência e…

— Ah! Então é sobre isso que está falando. Agora eu entendi.

Paulo pensou:

"Ele deve ter se esquecido. São tantas pessoas…"

Imediatamente Jesus diz em voz alta:

— Conheço por nome todas as ovelhas que meu Pai me deu e todas elas conhecem a minha voz.

Paulo pensou ironicamente:

"Eu já sei de tudo isso."

Jesus se sentou na cadeira do juiz e disse com autoridade:

— Sente-se no banco dos réus.

Paulo ficou impressionado com o pedido de Jesus e disse:

— Eu? No banco dos réus?

Jesus respondeu firmemente em tom de repreensão:

— Sim! Agora!

Paulo caminhou até o banco e disse com desânimo:

— Está bem. Não precisa gritar.

Jesus pegou um livro enorme e começou a folheá-lo, como se procurasse algo.

Paulo não entendia o que Jesus estava fazendo.

Após folhear um pouco, Jesus disse:

— No Livro da Vida[2] não há nada sobre você.

Paulo estava confuso. E Jesus prosseguiu:

---

[2] No Cristianismo, o Livro da Vida é o livro no qual Deus registra os nomes de cada pessoa que está destinada ao Paraíso e ao Mundo Vindouro (um mundo melhor e perfeito).
O Livro da Vida é citado sete vezes no Livro do Apocalipse (3:5, 13:8, 17:8, 20:12, 20:15, 21:27, 22:19).

— Vamos ver o que você fez da sua vida.

Paulo respondeu com confiança:

— Mas o Senhor já sabe tudo!

— É claro que sei. Parece que é você que não sabe o que fez na vida.

Paulo disse confiante:

— É claro que sei o que fiz na vida!

Para testar Paulo, Jesus disse:

— Se você sabe tudo que fez. Então, me conte.

Paulo começou a contar a história de sua vida:

— Senhor, eu praticamente cresci dentro da igreja. Sempre fui muito participativo. Fui do grupo musical, estava sempre envolvido com a igreja. Fui um homem muito bom, nunca matei, nem roubei, nem me prostitui. Trabalhei honestamente. Sempre dei o dízimo[3], a oferta. Participava da Ceia do Senhor[4]. Enfim, era praticamente um exemplo de cristão.

Jesus o interrompeu e disse em tom de repreensão:

— Um exemplo a não ser seguido!

Paulo estava espantado com a resposta:

---

[3] Contribuição financeira para ajudar as igrejas. O valor corresponde a dez por cento do que é recebido pela pessoa.

[4] Um rito cristão considerado uma ordenança. De acordo com o Novo Testamento, o rito foi instituído por Jesus Cristo durante a Última Ceia; dando aos seus discípulos pão e vinho durante a refeição pascal, ele ordenou-lhes que fizessem isso em sua memória, referindo-se ao pão como seu corpo e ao copo de vinho como a nova aliança em seu sangue. (Mateus 26:26-29, Marcos 14:22-25, Lucas 20: 14-20, 1 Coríntios 11:23-26)

— Mas como assim?

Jesus responde calmamente:

— Paulo, eu entendo todos os seus pensamentos, e neste momento, vejo que você acredita firmemente que foi uma boa pessoa e que merece ser salvo. Porém, vamos detalhar o que você disse e ver se a sua vida realmente foi exemplar.

— Tudo bem. Vamos ver.

— Você disse que cresceu dentro da igreja, mas vejamos algumas imagens da sua infância.

Em uma tela à frente deles, foi exibido um vídeo com a infância de Paulo.

Ele estava deitado em seu quarto. A mãe de Paulo, uma mulher morena, magra e alta, cabelo até o meio das costas, e olhos castanhos, bate na porta e o chama:

— Paulinho, vai tomar banho para irmos à igreja.

Ele responde fazendo birra:

— Não quero! Não vou. Lá é muito chato!

A mãe entrou no quarto e disse em tom de repreensão:

— Menino, não fala isso! Temos que ir e agradecer a Deus tudo o que ele faz por nós.

— Mas eu posso agradecer aqui.

— Mas no culto agradecemos de forma especial, sem distrações.

— Ah, não, mãe! Eu não vou. — Paulo continuava fazendo birra.

Ela disse em tom sério:

— Se você não for, vai ficar sem videogame.

Temendo a ameaça da mãe, ele concordou:

— Está bem. Eu vou.

Durante todo o culto, Paulo ficou com cara feia na igreja, muito emburrado.

Jesus se vira para Paulo e diz:

— Foi assim que você cresceu na igreja?

Paulo tentou argumentar:

— Mas foi só…

— Não foi só aquele dia. Praticamente todos os dias era a mesma coisa.

Paulo ia falar mais alguma coisa, porém Jesus disse:

— Nem tente dizer que isso foi só quando era criança. Durante a adolescência você não ia à igreja por amor a mim. Você tinha outros interesses. E foi por causa dos interesses que você foi muito participativo — Jesus disse de maneira irônica. — Vejamos como foi sua participação na igreja.

Os dois assistem outro vídeo. Paulo era adolescente, e participava do grupo musical. No entanto, a sua participação era somente por interesse em ser reconhecido pelas outras pessoas, especialmente as garotas. Enquanto estava tocando ou cantando, ele ficava olhando fixamente para as garotas nos bancos e sempre tentava se aproximar delas. Ele sempre tinha a mesma conversa.

Ele se aproximou de uma garota, com aproximadamente sua idade e disse:

— Você canta tão bem! Acho que poderia participar do grupo musical.

Ela se sentiu lisonjeada com as palavras de Paulo. E ele continuou:

— Vamos marcar um dia para treinarmos mais.

Na verdade, sua real intenção era ter um encontro com a garota. Paulo sempre fazia isso, às vezes dava certo, às vezes não. Mas ele não mudava.

Jesus olhou para ele com expressão de reprovação e disse:

— O que você me diz em sua defesa?

Paulo ficou extremamente constrangido e tentou se justificar:

— É que… É. Senhor, eu era ad…

Jesus o interrompeu:

— Eu sei que era adolescente, imaturo, tinha muitas vontades. Mas por que você nunca me pediu ajuda? Se tivesse pedido ajuda, eu teria te ajudado a superar estes desejos. Enviaria o meu Santo Espírito para te guiar pelo caminho correto. Você preferiu ser dominado por seus desejos!

Paulo abaixou a cabeça e refletiu um pouco.

Jesus continuou:

— A próxima coisa que você disse: "Fui um homem muito bom, nunca matei, nem roubei, nem me prostitui. Trabalhei honestamente."

Paulo disse com firmeza:

— Essa eu tenho certeza que fiz tudo certo.

Jesus contestou:

— Tem certeza?

Paulo responde com dúvida:

— Sim. Eu acho.

Jesus respondeu:

— Você disse que nunca matou, vejamos.

Inicia-se um vídeo em que Paulo está andando na calçada e vê um mendigo sentado no chão, muito sujo, pedindo esmolas. Imediatamente Paulo pensa:

— Vou passar olhando para o outro lado, assim ele não me encara e não me pede nada.

E assim Paulo fez, e após passar, ouviu o mendigo dizer:

— Deus está vendo todas as coisas.

Paulo parou um momento, mas logo seguiu seu caminho sem dar a mínima importância para aquele homem.

Jesus disse em tom de repreensão:

— Foi isso que eu ensinei nos evangelhos? Esse é o mandamento que ordenei?

Paulo abaixou a cabeça. E Jesus continuou o questionamento no mesmo tom:

— O que eu ensinei? Qual é o meu mandamento? Eu sei que você sabe, então diga!

Paulo respondeu desanimado:

— Amarás o teu próximo como a ti mesmo[5].

Jesus responde exaltado:

— Onde estava o amor ao próximo naquele momento? Você se diz bom por nunca ter matado ninguém. Mas saiba que virar as costas para aqueles que estão pedindo ajuda não é muito diferente de sacar uma arma e atirar contra a pessoa. No fundo, os dois estão machucando e maltratando vidas.

Paulo estava sem resposta e chocado com as palavras de Jesus. E Ele continuou em tom calmo:

— Você disse que nunca roubou, não é mesmo?

— Sim.

E Jesus contestou:

— Vamos confirmar isso:

Mais um vídeo é exibido. Desta vez, Paulo estava fazendo uma ligação clandestina de energia elétrica. E também foi mostrado que ele adquiriu um aparelho eletrônico para captar sinais de tevê a cabo sem pagar a mensalidade.

Jesus disse:

— Isso foi honesto? Ou correto?

Paulo respondeu tristemente:

— Não, Senhor.

— Eu ensinei: Daí a César o que é de César e a Deus o que é de

---

[5] Mateus 22:39, Marcos 12:31

Deus[6].

Paulo mais uma vez percebeu que estava sendo bom aos próprios olhos e não perante os olhos do Senhor.

Jesus continuou:

— E sobre a tevê a cabo, não vou nem comentar o que você assistia. Você sabe o que é. Agora vejamos uma parte bem interessante. Você disse que nunca se prostituiu.

Paulo disse com preocupação:

— Lá vem bom...

Jesus o interrompeu:

— Vem uma bomba mesmo! Vejamos.

Mais um vídeo foi exibido. Dessa vez, Paulo estava tocando e cantando músicas seculares com temas explícitos. Ele desejava fazer sucesso e ganhar muito dinheiro com a música.

E Jesus disse:

— Você pode não ter praticado a prostituição sexual. Mas você prostituiu os dons que te entreguei. Você saiu do grupo musical da igreja e quis uma vida secular e mundana.

Paulo tentou se explicar:

— Mas Senhor! Eu prec...

Jesus interrompe em voz alta:

— Eu precisava pagar as contas. Todo mundo sempre diz isso. Especialmente quem faz trabalhos desonrados. As pessoas não

---

[6] Mateus 22:21, Marcos 12:17, Lucas 20:25

confiam quando leem: Buscai primeiro o Reino dos Céus e a sua Justiça, e todas essas coisas vos serão acrescentadas[7]. Eu não mandei ninguém ficar à toa, mas o Reino de Deus deve ser a prioridade na vida das pessoas. E que elas não façam coisas vergonhosas para ganhar dinheiro.

Paulo estava completamente apavorado com o que ouvia de Jesus. Ele já não tinha nenhum argumento. E Jesus prosseguiu:

— Vejamos agora o seu trabalho honesto.

Mais um vídeo da vida de Paulo é exibido. Desta vez, ele estava em seu trabalho, em um escritório. Um homem branco de meia-idade chegou e disse:

— Paulo, preciso que você me faça um relatório, mas preciso com urgência.

Ele responde:

— Eu quero te ajudar, mas veja minha situação, tem uma fila e outras demandas. Então, é difícil dar prioridade ao seu relatório.

O homem disse:

— Eu compro uma barra de chocolate para você.

Paulo responde com empolgação:

— Agora, o seu pedido é o primeiro da fila.

E Paulo fez a tarefa rapidamente após a promessa do suborno.

Jesus o questionou:

— Isso é trabalho honesto? Aceitando subornos para fazer sua

---

[7] Mateus 6:33

obrigação.

Ele tentou se justificar:

— Mas meu emp…

E Jesus completou com tom irônico:

— Mas meu emprego é muito ruim.

E em tom firme disse:

— Todos sempre falam isso. Se o emprego está ruim, procure outro, estude para melhorar, faça algo da vida. Mas não peque por causa disso.

A cada momento que passava, Paulo percebia que sua situação estava mais complicada. E Jesus prosseguiu em tom firme:

— Você está preocupado, não é mesmo? Pensou que seria fácil? Achou que ser mais ou menos é suficiente para mim? Pois não é! Em seguida, Jesus disse um tom mais leve:

— Vamos continuar. Você também disse que dava o dízimo e as ofertas corretamente.

— Sim. Essa não tem como eu ter feito errado.

— Tem sim. Vejamos.

Mais um vídeo foi exibido. Desta vez, Paulo estava entregando o dízimo e sua oferta em um envelope. No momento de depositá-lo, ele pensou:

"Estou entregando tanto, eu poderia fazer outras coisas com esse dinheiro."

Paulo ficou parado com o envelope, pensando se depositaria ou não. Por causa das outras pessoas olhando, ele depositou. E quando voltava para o seu lugar, pensou:

"Quanto dinheiro…"

Jesus disse:

— Você entregava os dízimos e ofertas com pesar no coração, não fazia de boa vontade.

Paulo tentou justificar:

— Mas Senhor! O din…

Jesus o interrompeu e disse em tom firme:

— O dinheiro estava curto. Eu precisava de mais. É sempre a mesma história. Vou te perguntar duas coisas. Alguma vez faltou algo pra você?

— Não.

— E fui eu que fiz as suas dívidas? Ou fui eu que fiz surgirem do nada?

Paulo disse em tom de desânimo:

— Não, Senhor.

Jesus falou com firmeza:

— Se o dinheiro era pouco, fizesse menos dívidas, ou então, conseguisse um emprego melhor. Era simples. Assim, você não pecaria quando entregasse os dízimos e as ofertas.

Jesus disse em tom calmo:

— Agora, só falta uma das coisas que você disse, a participação na Ceia do Senhor.

Paulo não tinha mais nada para argumentar com Jesus, então, ele disse com desânimo:

— Senhor, mostre os meus erros.

E Jesus disse com alegria:

— Agora estamos fazendo algum progresso. Vejamos o vídeo.

Foi exibido um vídeo do dia a dia de Paulo. Muita conversa fiada, fofocas, brigas com os membros da igreja, etc.

E no dia da Ceia do Senhor, ele participava normalmente como se nada houvesse acontecido.

Jesus disse:

— Você sabe que isso foi para sua própria condenação, não é mesmo? Por mais que as pessoas da igreja não sabiam, eu sempre soube de tudo.

Paulo já havia aceitado seu destino. Ele disse desanimado:

— Então, acho que esse é o meu fim, mas antes de ir, Senhor, me diga uma coisa, é possível que alguém faça tudo o que eu disse ter feito, mas de forma correta?

Jesus fala calmamente:

— Sim, é possível. Eu sabia que ia perguntar isso. Para te responder, vamos chamar o homem que está ali fora.

Jesus disse em voz alta:

— Dionísio, entre, por favor.

Dionísio entrou, se lançou no chão de joelhos, e disse:

— Senhor, perdoe-me porque sou pecador.

Jesus se aproximou dele, pegou sua mão e disse:

— Levante-se, meu filho. Todos os seus pecados estão perdoados.

Dionísio respondeu glorificando a Jesus:

— Glória ao teu Santo Nome, Senhor Jesus! Para sempre é o rei da salvação!

Paulo observava e percebeu uma grande diferença entre eles.

Jesus disse:

— Dionísio, sente-se aqui, vamos ver a sua vida.

Dionísio se sentou em uma cadeira especial, semelhante a um trono.

Um vídeo foi exibido e Jesus narrava a história:

— Dionísio teve uma infância muito difícil, com o pai alcoólatra e a mãe fumante. Esteve sempre acostumado ao cheiro de bebidas e cigarros. Porém, nunca quis nenhum dos dois. Durante a adolescência, conheceu o evangelho através de um projeto evangelístico em seu bairro.

Paulo interrompeu:

— Com licença, Senhor, eu conheço este projeto e até participei dele.

Jesus respondeu:

— É verdade, Paulo, foi assim que Dionísio conheceu a salvação e através da vida dele, toda a família me conheceu e tantos outros me conheceram. Vejamos a continuação da vida de Dionísio.

A continuação do vídeo mostrou Paulo evangelizando as pessoas no projeto, e dentre os evangelizados estava Dionísio. Isso foi uma grande surpresa para Paulo.

O vídeo também mostrou o envolvimento de Dionísio com o trabalho da igreja, a sua atenção com todas as pessoas. Neste momento foi mostrado que Dionísio deu atenção ao mendigo que Paulo desprezou. Em seguida foi mostrado Dionísio orando junto com um uma mulher, logo após é mostrado seu o casamento. Toda a vida de Dionísio foi dedicada ao Senhor e aos seus mandamentos. Paulo percebeu o quanto lhe faltou em relação à dedicação ao Reino de Deus.

Jesus disse:

— Dionísio, aqui está a coroa da vida, reservada aqueles que guardaram os meus mandamentos e a sua justiça.

Jesus colocou uma coroa na cabeça de Dionísio. Ele se levantou e seguiu caminhando com Jesus para uma luz, a vida eterna.

Tudo ficou escuro, e Paulo começou a gritar desesperado:

— Não! Senhor, não me deixe perecer! Não! Eu não quero a morte eterna!

E de repente, Paulo ouviu alguém dizer:

— Acorde, você está bem?

Paulo acordou assustado e disse:

— Onde estou?

Uma mulher negra de meia-idade respondeu:

— Na igreja. Você cochilou durante a pregação e perdeu uma

grande pregação sobre o Juízo Final.

Paulo percebeu que tudo era um sonho. E ao se lembrar do que aconteceu, ele se lançou ao chão de joelhos, começou a chorar e pedir perdão a Deus:

— Senhor, me perdoe. Eu serei uma pessoa melhor em todos os sentidos.

As pessoas na igreja observaram a cena e não entenderam nada.

Paulo guardou este sonho em seu coração e foi um cristão corretíssimo até o dia de sua morte.

Qual é o significado do Natal?

Algumas crianças estavam sentadas na calçada e conversavam sobre o Natal. Alice, uma menina morena clara com cabelo preto cacheado e olhos castanhos, disse com empolgação:

— Esse ano vou ganhar muitos presentes! Escrevi uma carta para o Papai Noel e tenho certeza de que ele vai trazer tudo o que pedi. iPhone, iPad, notebook, uma bicicleta nova, muitas roupas e sapatos.

Larissa, uma menina morena escura, com um longo cabelo liso e preto, e olhos castanho-claros, também disse empolgada:

— Também vou ganhar muita coisa! Muitos presentes caros! Eu pedi de tudo, celular, tablet, televisão de tela grande.

Victor, um menino moreno, com cabelo curto e preto, e olhos castanho-escuros, disse:

— Como vocês têm tanta certeza de que vão ganhar tanta coisa?

Larissa respondeu:

— Fui uma boa menina o ano todo, me comportei bem, não discuti com os meus pais, fiz tudo certo.

Alice disse:

— Também fiz tudo isso. E ajudei minha mãe quando ela precisava. Fui uma boa filha o ano todo.

Victor não estava convencido e disse:

— Mas fazer isso é a nossa obrigação. Afinal, nossos pais dão casa, comida, amor, carinho e tudo o que precisamos.

Alice discordou e disse em tom enérgico:

— Não é nossa obrigação! A gente faz isso para o Papai Noel trazer os presentes.

Victor insiste em tom firme:

— É nossa obrigação!

Larissa questionou Victor:

— E você, Victor, o que pediu ao Papai Noel?

Ele disse tranquilamente:

— Nada. Ele não existe e não pode trazer nada para ninguém.

Larissa e Alice disseram em tom de repreensão:

— Isso é mentira!

Alice continuou no mesmo tom:

— Ele existe! É por causa dele que existe o Natal!

Victor disse em tom sério:

— Isso não é verdade! O Natal existe por causa de alguém real e muito mais especial que o Papai Noel.

As duas perguntam:

— Quem?

— Jesus Cristo. É por causa dele que existe o Natal e tudo que há no mundo.

As meninas ficaram confusas e Alice questionou:

— E Jesus traz presentes?

— Ele traz algo melhor, amor, perdão, paz e tudo o que é bom para as pessoas.

Alice disse:

— Se ele traz tudo isso, então ele é alguém muito bom. Onde ele mora?

— Ele mora junto com Deus, no céu.

Larissa perguntou:

— No céu? Nas nuvens?

Victor disse:

— Larissa e Alice, não sei responder tudo a vocês. Vamos até minha casa e lá meu pai explicará tudo.

As crianças foram até a casa de Victor. No portão, ele disse a seu pai:

— Papai, a Alice e a Larissa estavam falando sobre o Natal e o Papai Noel, e eu falei para elas que Jesus é o verdadeiro motivo para o Natal.

Carlos, um homem moreno claro, com altura média, cabelo curto, e olhos castanhos, respondeu:

— Muito bem, Victor. E imagino que você as trouxe aqui porque estavam fazendo perguntas difíceis, não é mesmo?

— É isso mesmo, pai.

— Vamos entrar e vou explicar para vocês.

Todos entraram e se sentaram na sala. Carlos disse:

— Vou contar para vocês o verdadeiro sentido do Natal, mas para entenderem melhor, vou ter que contar a história toda.

Alice e Larissa responderam:

— Tudo bem.

— Se vocês tiverem qualquer dúvida, podem me interromper. No princípio de tudo não havia nada, nem céu, nem água, nem mundo. Então, Deus criou todas as coisas que existem, os animais, as plantas, o sol, a lua, tudo.

Larissa levantou a mão e perguntou:

— Deus fez tudo isso sozinho? Como ele conseguiu?

— Larissa, Deus é o Todo-Poderoso e pode fazer todas as coisas. Diga-me algo que acha impossível acontecer.

Larissa pensou e disse:

— Hum… Meus pais pararem de brigar.

— Deus pode fazer isso acontecer, desde que eles peçam a ajuda dele.

— Que legal! Depois vou falar isso para eles.

— Fale com eles, tudo poderá ser diferente na sua casa. Mas continuando. Depois de criar todas as coisas, Deus criou as pessoas. E desde o princípio, sempre mostrou muito amor e bondade por todos. Deus ajudava em tudo o que as pessoas precisavam. E assim foi por muito tempo. Mesmo quando as pessoas não faziam o que Deus pedia, ele sempre tinha paciência e ensinava novamente o caminho certo.

Alice interrompeu:

— Então foi a partir da criação de Deus que surgiu o Natal?

— Não. O Natal está relacionado ao acontecimento mais

importante de toda a história da humanidade. O Natal está relacionado ao nascimento de Jesus Cristo.

Alice disse:

— Ele nasceu no dia vinte e cinco de dezembro?

— Não. Essa data foi escolhida pelas pessoas. A data exata do nascimento de Jesus não é conhecida. Sabemos que ele nasceu há mais de dois mil anos e é por isso que estamos no ano de dois mil e vinte e um depois do nascimento de Jesus.

Alice respondeu:

— Entendi. E quem exatamente foi Jesus?

— Jesus é o Filho de Deus. Ele é Deus em forma de pessoa. Ele esteve na Terra e ensinou muitas coisas às pessoas. Mostrou a elas o verdadeiro significado de perdão. Ensinou que devemos ter amor com todas as pessoas, independentemente de quem seja. Jesus mostrou o caminho para fazer a vontade de Deus.

Larissa disse:

— E o que aconteceu com Jesus?

— Muitos não acreditaram no que ele havia dito e resolveram machucá-lo. Ele foi morto.

Alice disse com tristeza:

— Ele foi tão bom e morreu? As pessoas eram muito ruins naquela época.

— Mas a morte de Jesus foi temporária. Após três dias, ele ressuscitou e...

— O que é ressuscitar? — disse Larissa, que não havia entendido.

— É voltar a viver depois de ter morrido. E depois disso, ele voltou para Deus, seu pai. Desde então, todas as pessoas que acreditam em Jesus esperam pelo dia que ele voltará e levará todos ao paraíso, onde haverá paz para sempre.

Victor disse:

— Vocês entenderam porque existe o Natal?

Elas responderam:

— Sim.

Larissa disse:

— Mas e o Papai Noel e os presentes?

Carlos disse:

— Vou explicar para vocês. O Papai Noel é só uma lenda criada a partir da história de um homem que distribuía presentes no mês de dezembro. Mas esse homem não era mágico, era só uma pessoa bondosa. E com o passar dos anos, as pessoas foram acrescentando coisas a história dele, as renas, o lugar que ele mora, a cor, e muitas outras coisas.

Larissa disse:

— Entendi. Então, é errado ganhar e dar presentes no Natal?

— Não é errado, desde que você faça da forma certa. O presente deve ser dado às pessoas que você ama e considera muito especiais. E você mesma deve dar o presente e não acreditar que o Papai Noel vai dar. E o mais importante é dizer às pessoas o verdadeiro significado do Natal, o nascimento de Jesus Cristo.

Larissa disse:

— Pode deixar. Agora vou falar para todo mundo a verdade sobre o Natal.

Alice completou:

— Eu também.

Carlos disse:

— Isso é ótimo! Agora acho que vocês devem voltar para suas casas.

Elas responderam:

— É verdade.

Larissa disse:

— Mas antes de ir, o senhor pode me explicar como falo com Deus para ele ajudar meus pais?

— Claro! Vamos orar juntos. Feche os olhos e repita comigo.

Larissa fechou os olhos e repetiu após Carlos:

— Senhor Deus, eu peço que o Senhor ajude meus pais a se entenderem, e que possam parar de brigar e sejam mais amorosos um com o outro. Amém.

As meninas voltaram às suas casas, felizes com o que haviam aprendido.

Uma história

Diz a história que em uma comunidade muito pobre, nasceu um bebê que era muito esperado por todos que ouviram falar de seu nascimento.

O bebê nasceu em um lugar inapropriado, pois não havia outro lugar disponível. Seu nascimento foi algo comum, corriqueiro, sem muita importância imediata. Algumas pessoas que já o esperavam foram visitar sua mãe e deram alguns presentes a ele.

O tempo passou, o bebê cresceu e se tornou um menino, mas era um menino diferente, gostava de estudar assuntos relacionados à sua comunidade.

Quando adulto, saiu de casa e passou por muitas dificuldades, fome, frio e provocações. Mas ele nunca perdeu a esperança de que haveria dias melhores.

Ele começou a discursar sobre as leis e mostrar o quanto as pessoas estavam afastadas do que era correto e verdadeiro. Muitos de seus discursos tinham fortes críticas às autoridades locais, que se tornaram corruptas e viviam de falsas aparências.

Ele chamou alguns para segui-lo, outros homens simples, pobres, sem grande importância social. Mas isso não era problema, pois ele tinha outro olhar sobre as pessoas.

Por todos os lugares que ia, era seguido por uma grande multidão que desejava receber algo dele. Afinal, ele presenteava a muitas pessoas e dizia a elas como seria o futuro de sua comunidade.

As mesmas autoridades que ele criticava, procuravam uma forma de prendê-lo, antes de haver uma revolta. Tentaram de várias formas, mas não conseguiram. A única forma de prendê-lo foi através do suborno de um de seus aliados.

Ele então foi preso, acusado injustamente de provocar rebeliões, quando na verdade, só estava fazendo aquilo que as autoridades não faziam pelo povo. No momento de sua prisão, seus aliados fugiram e um fingiu que não o conhecia.

Na prisão, foi espancado como o pior dos condenados. Foi levado ao tribunal, que não viu nenhum crime nele, mas devido à pressão popular, o tribunal permitiu sua execução.

A sua morte foi muito sangrenta, sendo humilhado e espancado até chegar ao local que seria executado.

No momento de sua execução, ele ainda foi xingado por alguns, que zombavam de suas palavras. Ele não respondeu aos xingamentos, mas deu esperança a outro condenado a seu lado.

Ele morreu como alguém que aceitou uma missão. E aqueles que o seguiam perderam a esperança num primeiro momento.

Após três dias, ele ressuscitou e se mostrou a seus amigos, e todos eles creram em suas palavras.

Agora você sabe de quem estou falando, Jesus Cristo.

Quem é o servo de Deus?[8]

Junho de 2020

Em um estúdio de televisão, um homem negro de meia-idade inicia o noticiário:

— A pandemia do novo coronavírus afeta a todos na sociedade. Milhares de pessoas perderam seus empregos e fontes de renda. Este é um momento em que a população precisa se unir para que, juntos, possamos passar por tudo isso.

1

Um grupo de pessoas estava em uma sala de reuniões para discutir ações para ajudar os necessitados durante a pandemia. Todos tinham muita vontade de fazer algo para mudar a situação daqueles que precisavam de ajuda, mas antes de uma ação, eles precisavam conseguir os recursos.

Marcos era o líder do grupo. Ele tinha aproximadamente trinta anos, moreno claro, cabelo preto e liso até o pescoço, e olhos castanho-claros. Ele disse:

— Precisamos de sugestões para arrecadar doações para as pessoas carentes.

Uma mulher branca de meia-idade, com longos cabelos loiros grisalhos e olhos azuis, disse:

— Vamos pedir ajuda a alguma igreja, eles são bem receptivos, eles têm essa questão do amor ao próximo.

---

[8] Inspirado na parábola do Bom Samaritano, Lucas 10:25-37.

Um jovem moreno escuro, com cerca de vinte anos, cabelo escuro com pequenas tranças em toda a sua cabeça e olhos castanho-escuros, disse:

— Também podemos pedir ajuda para essas bandas evangélicas, muitas já fazem trabalhos assim.

A reunião prosseguiu e todos deram várias sugestões, e cada uma delas foi anotada. Ao final, Marcos disse com empolgação:

— Já temos ótimas ideias! Vamos começar com a igreja. Tem uma perto daqui, acho que tem culto amanhã, vou confirmar isso hoje e vou mandar mensagem para vocês.

Todos responderam:

— Ótimo!

2

No dia seguinte, Marcos e a mulher loira foram à igreja. Possuía uma estrutura enorme e muitíssimo luxuosa. Até mesmo os bancos eram acolchoados, como poltronas de cinema.

Eles também notaram que os membros da igreja aparentavam ser pessoas ricas, todos trajavam roupas elegantes. Apenas eles dois estavam com roupas casuais.

Após o culto, eles procuraram o pastor para conversar, ele estava perto do altar conversando com outras pessoas. Marcos se aproximou e disse:

— Boa noite, com licença, pastor, tudo bem?

O pastor, um homem branco de meia-idade, careca, com olhos

castanho-claros, respondeu:

— Boa noite, tudo bem.

O pastor notou a aparência deles e disse:

— Vocês não são da nossa comunidade, não é mesmo?

— Não. Fazemos parte de uma organização que busca ajudar as pessoas carentes.

— Este trabalho é muito bonito. Parabéns.

— Obrigado. Estamos aqui exatamente para falar sobre isso. Estamos arrecadando doações para ajudar as pessoas que estão em dificuldades durante a pandemia.

— Muita gente está precisando de ajuda neste período.

— Pensamos que o senhor poderia nos ajudar com algo ou pedir ajuda aos membros da igreja.

O pastor mudou sua expressão e disse em tom sério:

— Acho muito interessante a atitude de vocês, mas infelizmente não podemos ajudar.

Marcos estava impressionado com a negativa do pastor:

— Mas por que não? A igreja de vocês parece tão rica.

O pastor sorriu e disse:

— Realmente somos uma igreja muito abençoada por Deus.

— Se são muito abençoados, vocês devem abençoar os outros também.

— Veja essa grande estrutura, para manter isto tem muitos gastos. E com a pandemia, o lucro, quer dizer, as doações diminuíram.

Então, não podemos assumir nenhum compromisso de ajuda.

Marcos estava inconformado com a resposta e disse:

— Pensei que ajudar o próximo era a missão da igreja.

As pessoas que estavam próximas se calaram ao ouvir esta crítica.

A acompanhante de Marcos ficou constrangida com sua fala e disse em tom de repreensão:

— Marcos!

— Joana, eu não disse nada de errado.

O pastor se irritou e disse:

— Acho que essa conversa acabou.

Marcos disse nervoso:

— Acabou mesmo, hipócrita!

O pastor gritou com nervosismo:

— Cala a boca, moleque!

Todos que ainda estavam na igreja ouviram o seu grito e ficaram surpresos com o tom do pastor.

Percebendo que a discussão poderia piorar, Joana pegou o braço de Marcos e disse:

— Vamos embora, agora!

Eles começaram a caminhar, Marcos parou e disse em voz alta para toda a igreja:

— O amor de Jesus Cristo está muito longe deste lugar!

Joana o repreendeu mais uma vez:

— Marcos!

Eles continuaram andando e foram embora tristes com a resposta recebida. Ela disse:

— Esses pastores só querem saber de arrecadar dinheiro e se esquecem das pessoas.

— Infelizmente, isso é verdade. Eles são religiosos e se esquecem do amor ao próximo.

3

Alguns dias depois, Marcos e Joana foram conversar com uma cantora evangélica, Hulda, que era bastante conhecida por ajudar causas sociais. O encontro foi no estúdio no qual a cantora gravava suas músicas. Assim que entraram na sala de reunião, Marcos e Joana perceberam que ela estava muito bem vestida. Era como se ela estivesse indo a uma festa. Ela usava brincos, colares e pulseiras; tudo parecia ser muito caro. E havia uma bolsa de uma marca de luxo na mesa. Todos se sentaram, os dois de frente para ela.

Hulda, uma mulher branca com pele bastante clara, aproximadamente trinta e cinco anos, olhos verdes e um longo cabelo loiro claro até a cintura, disse com animação:

— Sejam muito bem-vindos! Em que posso ajudar?

Marcos disse:

— Agradecemos a sua disponibilidade de nos receber. Você já ouviu falar de nossa organização?

— Não. Vocês são novos?

— Sim, começamos há pouco tempo e já conseguimos ajudar

muitas pessoas.

— Acho este trabalho muito inspirador.

— Obrigado. Também achamos o seu trabalho muito inspirador. Você ajuda muitas pessoas.

— Obrigada.

Joana disse:

— Então, precisamos de ajuda para algumas pessoas que estão passando por aperto durante este momento de pandemia. Muitos estão desempregados e sem ter uma fonte de renda.

— A situação da pandemia é realmente algo muito grave. Mas, infelizmente, eu não posso ajudar vocês.

Joana estranhou a resposta:

— Por que não? Você é rica e famosa.

— É exatamente por isso. É muito caro manter uma vida como a minha. Eu já estou sendo afetada pela pandemia. Antes fazia mais de vinte shows em um mês. E agora, por conta das restrições, estou recebendo dinheiro apenas das redes sociais. Já estou sem saber o que fazer para manter o meu padrão de vida de luxo.

Joana respirou fundo, se levantou e disse em tom nervoso:

— Você deveria ter vergonha na cara! Está preocupada em manter uma vida de luxo, enquanto tanta gente está passando fome. Hipócrita! Você canta uma coisa e vive outra.

Marcos ficou impressionado com a coragem de Joana. Enfrentando uma pessoa famosa.

Hulda ficou indignada com as palavras de Joana. Ela se levantou e disse em tom nervoso:

— E quem você pensa que é para dizer isso?

Joana colocou a mão direita em seu peito, em sinal de orgulho. E disse em tom sério:

— Sou uma pessoa que está tentando fazer a diferença em um mundo carente de ajuda! Mas percebi que daqui não vai sair nenhuma ajuda. Vamos embora, Marcos.

Marcos se levantou e eles saíram da sala, Hulda saiu atrás deles e gritou:

— Você não pode falar assim comigo! Sou uma pessoa importante!

Joana parou e disse em tom de repreensão:

— Você é importante para as pessoas. Mas as pessoas não são importantes para você.

Os dois continuaram seu caminho.

4

Após os pedidos de ajuda serem negados, os membros da organização reuniram os poucos recursos que tinham e decidiram comprar o que podiam e doar aos necessitados.

Marcos e Joana estavam saindo de um supermercado com algumas sacolas de compras. Um homem de meia-idade, moreno claro, cabelo curto, olhos castanhos, repara nas camisas da organização e diz:

— Com licença, vocês são daquela organização que ajuda pessoas carentes?

Marcos respondeu:

— Sim, somos. Por quê?

— Acho o trabalho de vocês muito interessante.

Marcos disse com desânimo:

— Obrigado.

O homem notou o tom desanimado de Marcos e perguntou:

— Vocês estão precisando de algum tipo de ajuda?

Joana respondeu:

— Sim, toda a ajuda é bem-vinda.

— E do que precisam?

— Praticamente de tudo. Temos cinco famílias que precisam urgentemente de alimentos. Mas não conseguimos quase nada até agora.

— Meu Deus! Que tristeza! Mas vamos dar um jeito nisso agora!

— Como?

— Vou comprar o que eles precisam e doar para vocês.

Marcos se animou e disse:

— Sério?

— Claro! Me dê o endereço para entregar as compras.

— Agora!

Marcos entregou um cartão ao homem.

— Este é o endereço da nossa organização.

O homem entregou um cartão de uma distribuidora de bebidas e disse:

— Aqui está o meu cartão. E qualquer coisa que precisarem, podem ligar e pedir ajuda.

O Marcos ficou tão feliz que se esqueceu da pandemia e o abraçou dizendo:

— Muito obrigado! Deus te abençoe.

O homem sorriu e disse:

— Já sou abençoado por Deus. Por isso ajudo outras pessoas.

Joana disse:

— Só por curiosidade, o senhor tem alguma religião?

— Sim, sou católico. E durante toda a minha vida aprendi que ajudar o próximo é o maior mandamento deixado por Jesus. E tento seguir isso todos os dias.

— É uma pena que nem todos pensem assim.

— É realmente uma pena. O mundo seria um lugar muito melhor.

— Com certeza. Mais uma vez, muito obrigada por tudo.

— Estou à disposição no que precisarem. Vou comprar as coisas e pedir ao supermercado que entregue a vocês.

Marcos respondeu:

— Obrigado.

O homem foi para o supermercado e eles seguiram seu caminho. Felizes por terem recebido a ajuda necessária.

A culpa não é do Diabo

1

Em uma tarde ensolarada, dois homens caminhavam por uma rua pouco movimentada. João e seu pastor Mateus.

João era um homem branco, pele bronzeada, altura média, magro, cabelo curto castanho e olhos castanho-claros. Ele diz em tom de tristeza:

— Pastor Mateus, minha vida está muito ruim!

O pastor era um homem moreno claro de meia-idade, altura média, magro, cabelo escuro quase raspado e olhos castanho-escuros. Ele ficou assustado e perguntou:

— O que houve? Qual é o problema?

— Pastor, infelizmente, não é um problema, e sim muitos problemas.

— Diga-me, João, o que está te incomodando?

— Pastor, eu tenho sofrido muito nesses últimos tempos. — João diz em tom de angústia: — Tudo está dando errado em minha vida.

— Misericórdia! Tudo? — Estranhou o pastor.

— Sim, tudo. Meu casamento está muito ruim, eu e minha esposa brigamos o tempo todo, nem mesmo conseguimos conversar.

— João, o casamento é feito por duas pessoas, é preciso que vocês sentem e conversem sobre o que está acontecendo e o que precisam melhorar.

— Mas pastor, nós já tentamos isso e não deu certo.

— Então, talvez vocês tenham que procurar a ajuda de um especialista. Temos um ministério de casais na igreja. Eles sempre podem ajudar.

— Tenho certeza de que isso não vai resolver! — João afirmou de forma categórica.

— Como tem tanta certeza?

— Pastor, isso é obra do inimigo. Ele tem atentado contra minha vida.

Mateus estranhou muito a fala de João, pois sabia que ele não dialogava com sua esposa.

— Você tem certeza que é obra de Satanás?

— Claro que sim, pastor! Ele quer me destruir.

— Na verdade, João, o Diabo tenta destruir todos os cristãos verdadeiros.

— E é por isso mesmo que ele está contra mim. — João diz com convicção: — Sou um cristão verdadeiro!

Novamente Mateus olha com desconfiança, pois sabia que João não era tão bom assim.

— Claro que você é um bom cristão. Você é excelente, uma joia de ouro puro de Ofir[9] em nossa igreja — responde Mateus de forma irônica.

João prosseguiu com as afirmações:

---

[9] Nome de uma região mencionada na Bíblia, famosa por sua riqueza. 1 Reis 9:28, 10:11, 22:48.

— Além do meu casamento, o Diabo tem se levantado em outras áreas de minha vida.

Mateus respondeu com dúvida:

— É mesmo? Em quais áreas?

— Olha, pastor Mateus, no meu emprego, o Diabo está querendo que eu seja demitido e assim vou parar de dar o dízimo e as ofertas na igreja. Tudo é uma estratégia.

— Você tem certeza que realmente é o Diabo?

— É claro! — respondeu João firmemente.

— Estou perguntando, porque talvez, pode ser algo relacionado à sua produtividade e seu desempenho na empresa, e não uma obra do Diabo.

— Não, pastor! Não tem como ser isso, sou um funcionário exemplar.

Mateus sabia que João não era assim, então, concordou para evitar conflitos:

— Sim, você é muito dedicado em todos os trabalhos.

— Outra coisa, pastor, além de tirar meu emprego, ele quer destruir minhas finanças. Ele está enviando o devorador[10] para acabar com o meu salário. São muitas dívidas e pouco dinheiro para

---

[10] Alguns cristãos acreditam que existe um demônio chamado "devorador", responsável pela destruição das pessoas e de suas riquezas.
Esta crença surgiu a partir de uma interpretação equivocada de um texto no livro de Malaquias, 3:11. O texto completo fala de repreensões ao povo de Israel por causa de seus pecados. O devorador citado é um tipo de gafanhoto que destruiria a vegetação.

pagar.

— João, você não acha que as dívidas podem estar relacionadas ao fato de você estar sempre comprando muitas coisas que não precisa? Por exemplo, você troca de celular a cada dois meses e todo ano compra um carro mais caro que o anterior.

João sorriu e disse:

— Mas pastor Mateus, meu gasto é de acordo com meu salário. E como cristão tenho direito de desfrutar o melhor dessa terra[11].

— João, a palavra de Deus não está exatamente nestes termos. Cuidado com a sua interpretação. É preciso estudar as escrituras para conhecer a verdadeira vontade de Deus para as nossas vidas. Se você participasse mais dos cultos e da escola bíblica, teria mais sabedoria.

— Mas pastor, é o Diabo que me impede de ir mais à igreja!

— O Diabo? Tem certeza?

— Claro! Ele sempre cria impedimentos para que eu não vá.

— João, te conheço e sei que nos dias de culto você está sempre em algum passeio e por isso não vai.

João tentava se justificar:

— Pastor Mateus, eu tento ir, mas não consigo.

— Tudo bem, é como você diz. Tem mais algo que o Diabo te perturba?

---

[11] Outra interpretação equivocada de um texto bíblico, Isaías 1:19. O contexto é um conselho de Deus para o povo de Israel, onde Deus diz o que acontecerá a eles se o obedecerem (bênçãos) e se não obedecerem (destruição).

— Sim, eu tenho diversos problemas de saúde. Infecções respiratórias, colesterol e glicose altos, são muitos problemas.

— João, algumas doenças são provocadas por causa da nossa vida diária, por exemplo, o colesterol e glicose tem relação com a alimentação.

João respondeu em tom de desânimo:

— Sei disso, pastor, e sei que o inimigo está tentando fortemente contra mim.

Mateus estava um pouco impaciente com as desculpas de João e perguntou:

— Tem mais algo que você se lembre?

— Olha, pastor, no momento não. Quero que ore por mim, para repreender esses demônios que atentam tanto contra minha vida.

— Tudo bem. Vamos orar.

Os dois dão as mãos e Mateus começa a orar:

— Soberano Deus, abençoe a vida do seu servo João. Que o Senhor esteja com ele todos os dias, livrando, protegendo e guardando de todo o mal. Que o Senhor conceda ao teu servo sabedoria, inteligência e entendimento todos os dias de sua vida. Ajude-o em todas as suas dificuldades todos os dias, em nome de Jesus. Amém.

João foi embora um pouco insatisfeito com as palavras do pastor, que não acreditou que tudo em sua vida fosse obra do Diabo.

2

Certa noite, João se ajoelhou em seu quarto para orar:

— Ó, Senhor, a minha vida é tão difícil, parece que tudo e todos estão contra mim — João orava de forma triste e desanimada. — Meu casamento está indo de mal a pior. Meu emprego está por um fio. Minha vida financeira está uma bagunça e parece que tudo sempre piora.

João levanta a voz e diz:

— Mas tenho certeza que tudo isso é culpa do inimigo, de Satanás, ele tem roubado minhas bênçãos e tirado minha paz e sossego.

João continua firmemente:

— O Diabo não descansa e está sempre atentando contra os verdadeiros filhos de Deus. Senhor repreenda esse mal em minha vida! Livra-me de tudo de ruim que ele tenta contra mim! Eu clamo a retirada de todas as maldições do Diabo em nome de Jesus. Enquanto estava orando, João ouviu a campainha de sua casa e foi atender. Antes de abrir o portão, ele perguntou:

— Quem é?

Uma voz masculina diz:

— Esta é a casa do João?

— Sim, quem deseja falar com ele?

— Sou uma pessoa que está muito triste com você. Pois você tem me criticado muito.

João estranhou a fala, pois não criticava ninguém a ponto de deixar a pessoa triste:

— Eu te critiquei e te deixei triste? Você tem certeza?

— Claro!

— Quem é você?

— Deixe-me entrar que vou te explicar.

— Tudo bem.

João abriu o portão e quando olhou para a pessoa, ficou admirado. Era um homem muito bonito e bem-vestido, roupas elegantes e ótima apresentação. Parecia um modelo ou ator.

João não o reconheceu e disse surpreso:

— Quem é você? Não te conheço.

— Você me conhece. Você fala de mim todos os dias — disse a pessoa em tom de mistério.

— Não te conheço.

— Todos sempre dizem isso. Sou o Diabo.

João deu uma gargalhada e disse:

— O Diabo? Você? — João continuou rindo.

— Não acredita?

— Que tipo de Diabo é você? O Diabo das vendas? Ou o Diabo de uma banda de *dark* metal?

— Não. Sou o Diabo, demônio, Satanás, Belzebu, o príncipe das trevas.

João continuava sem acreditar naquilo. Então, o Diabo disse:

— Os seres humanos são todos iguais, não acreditam quando ouvem a verdade.

Uma grande escuridão cercou os dois, todas as luzes ao redor foram apagadas. Ele disse com uma voz potente a malvada:

— Sou o grande dragão! A besta do apocalipse! O destruidor, o inimigo, sou a personificação de todo o mal.

As luzes voltaram e João ficou extremamente apavorado. Ele estava trêmulo e com uma expressão de horror. Ele disse com voz trêmula:

— Meu Deus! Você é realmente o Diabo! Eu determino que você suma daqui, Diabo dos infernos.

Nada aconteceu e o Diabo responde ironicamente:

— Palavras erradas. Tente de novo.

João clama desesperadamente:

— Jesus Cristo tem misericórdia de mim!

Em seguida, Jesus apareceu ao lado de João e disse:

— João, você me chamou?

João responde eufórico:

— Sim, Senhor! Tem misericórdia de mim! O Diabo apareceu para mim!

Jesus disse em tom de censura:

— E por que você não o repreendeu com o poder que lhe foi dado?

— Eu repreendi, mas ele não obedeceu.

— Mas você repreendeu da forma errada, você disse: "Eu determino que você suma daqui, Diabo dos infernos." Você não disse que o repreendia em meu nome. Você quis repreender com sua própria autoridade.

— Mas Senhor! Na sua palavra está escrito que foi dada toda autoridade aos seus discípulos.

— Está Realmente escrito isso. Mas a autoridade é em meu nome, Jesus Cristo, e não nas próprias palavras. Se você buscasse mais conhecimento na bíblia, saberia disso.

João ficou sem resposta, ele se curvou e disse com humildade:

— Perdoe-me, Senhor, sou pobre e necessitado de sua misericórdia e amor.

Jesus respondeu com satisfação:

— Agora você se comportou como um verdadeiro servo de Deus.

João se levantou e disse:

— Senhor, uma dúvida.

— Diga.

— Pensei que o Diabo fosse feio, sabe? Aquela coisa de chifres, cauda e tridente. Enfim, achei que ele fosse aparecer como num filme de terror. Mas ele apareceu assim, todo arrumado. — João apontou para o Diabo.

Jesus respondeu:

— João, essa dúvida, ele mesmo vai explicar.

O Diabo começa a falar com ar de superioridade:

— João, eu, o Diabo, sempre mostro minha melhor face quando quero conquistar as pessoas. Essas histórias que sou feio é uma grande mentira. Se eu fosse feio, ninguém viria até mim e faria a minha vontade. — O Diabo se aproxima de João e diz: — Tenho diversas faces, inclusive a de uma mulher muitíssimo bonita, caso tenha interesse…

João ficou interessado e disse:

— Uma mulher bonita, é sério?

Jesus olhou para João e disse em tom de reprovação:

— As pessoas se deixam levar para o mau caminho por tão pouca coisa.

João tentou se justificar:

— Não, Senhor Jesus! Eu só estava curioso, não ia me deixar levar.

Jesus respondeu com firmeza:

— João, não tente me enganar e nem se enganar, conheço as intenções mais profundas de seu coração.

João ficou pensativo e em silêncio.

O Diabo se curvou perante Jesus e disse:

— Senhor Jesus, com licença.

Jesus vira-se para ele e diz:

— Satanás, por que me incomoda?

Satanás diz em tom de repreensão:

— Senhor, o seu servo está me difamando. Ele está fazendo acusações de coisas que não pensei e nem fiz contra ele!

João interrompeu exaltado:

— Não acredite nele, Senhor! Ele é o pai da mentira!

Jesus responde firmemente:

— Fique quieto, João! Eu sei de tudo! Você, na condição de

pecador, quer me ensinar como ser um cristão?

João ficou envergonhado e respondeu:

— Perdoe-me, Senhor. Foi apenas força do hábito.

Jesus prosseguiu:

— Satanás, o que você disse está relacionado aos problemas da vida dele que ele sempre diz ser sua culpa?

— Exatamente isso, Senhor Jesus!

João se exaltou e interrompeu novamente:

— A culpa é dele mesmo! Tudo de ruim que ocorre em minha vida é obra do inimigo!

O Diabo retruca:

— Por acaso eu pareço um construtor para fazer obra na vida dos outros? Eu hein, cada um com seus problemas.

João continuou com firmeza:

— Seu mentiroso!

Jesus o interrompe e diz:

— João, fique quieto agora!

— Está bem, Senhor — respondeu João com temor.

Jesus continuou:

— João, sei de todos os seus pensamentos e entendo que você realmente acredita que o Diabo é o culpado pela sua situação. Por mais que ele esteja sempre disposto a matar, roubar e destruir, existem coisas que são consequências das suas ações e decisões.

O Diabo disse:

— Agora que Jesus falou, espero que você acredite.

Jesus disse:

— Por mais que eu esteja falando, sei que ele ainda não acreditou fielmente. Sendo assim, vou mostrar a ele.

O Diabo disse nervoso:

— Essa raça humana é muito descrente! Desde o princípio é preciso que tudo seja revelado nos mínimos detalhes. É só o Senhor e seu Pai, para terem paciência com eles.

João não havia entendido as palavras de Jesus e perguntou:

— Senhor, me mostrar? Como assim?

— João, me conte como está sua vida e vamos ver o que justifica cada situação.

— Tudo bem, Senhor. A minha vida está muito difícil. Meu casamento está muito complicado, meu emprego está por um fio. Tenho tantas dívidas, o devorador está me arruinando. Sempre tenho impedimentos para ir à igreja e participar da obra. E minha saúde está tão debilitada. E tudo isso é culpa de quem? Do Diabo!

O Diabo respondeu nervoso:

— Jesus, esses seus filhos fazem sempre a mesma coisa! Eles têm que pôr a culpa nos outros, começou no Jardim do Éden, Adão culpou Eva, e ela culpou a serpente. É incrível como eles sempre arrumam uma desculpa para justificar os próprios erros...

— Satanás, sei de tudo isso! — disse Jesus. — E mesmo assim, eu e meu Pai os amamos, e isso é algo que você nunca entenderá.

João perguntou:

— Então, Senhor, o que eu disse não é tudo culpa dele?

— João, vamos analisar cada coisa que você disse. Primeiramente, você falou sobre seu casamento. Vamos chamar alguém muito importante para testemunhar sobre suas palavras. Viviane, venha aqui, por favor.

Ela apareceu de repente. Uma mulher muito bonita, morena clara, altura média, corpo definido, cabelo preto cacheado até os ombros e olhos azuis. Ela se curva perante Jesus e diz:

— Eis aqui a tua serva, Senhor.

Ela se levantou, dirigiu-se para Satanás e disse com autoridade:

— Eu te repreendo demônio! Volte para o inferno em nome de Jesus!

E Satanás desapareceu gritando:

— Nããããoooo!

João disse:

— Meu amor, como soube que ele era Satanás?

— O Espírito Santo me revelou.

Jesus disse a Viviane:

— Muito bem, serva fiel. Mas ele estava aqui com a minha permissão. Satanás, pode voltar.

Satanás voltou esbravejando:

— Esses servos de Jesus sempre fazem a mesma coisa! Sempre me mandam para o inferno. É muito difícil!

Jesus continuou:

— Como é o casamento de vocês?

Viviane disse em tom de desânimo:

— Meu Senhor Jesus! — Viviane suspirou. — As coisas estão bem complicadas. O João praticamente não conversa comigo. Quando ele chega do trabalho, nem me dá um beijo, não diz que me ama, não faz nada para me agradar.

— E ele sempre se comporta assim?

— Sim, Senhor. É sempre a mesma coisa. Ele chega reclamando de tudo. Nem repara em mim nem no que fiz para ele. Todo dia ele senta no sofá e fica o tempo todo no celular, conversando com algumas amigas e colegas de trabalho. Tem horas que parece que elas são mais importantes do que eu.

— Além disso, o que mais ele faz ou deixa de fazer?

— Senhor, ele nunca me elogia, nunca diz uma palavra de carinho. Ele só sabe reclamar e me xingar. Vive dizendo que não sei fazer nada e que deveria aprender com a mãe dele. E o pior, quando a gente sai na rua, ele fica reparando em todas as mulheres. E ele faz isso descaradamente. Ele é tão sem vergonha, que se ver uma cabra de saia, é capaz de achar bonita e ficar olhando.

João estava impressionado com as palavras de sua esposa.

Jesus abraçou Viviane e disse com confiança:

— Minha filha, muito obrigado por suas palavras. Vai em paz e não desista. Seu marido vai mudar.

— Muito obrigada, meu Senhor.

Viviane desapareceu.

Jesus continuou:

— João, onde é que o Diabo participou nisso tudo? Não vi nenhuma ação dele, tudo o que aconteceu você fez por sua própria vontade.

João ficou sem resposta e tentava se justificar:

— Mas Senhor! É que… A carne… É… Fraca.

— João, eu disse: "Vigiai e orai, pois o espírito está preparado, mas a carne é fraca[12]." Eu disse para vigiar e orar para se fortalecer. Não disse isso para ter uma desculpa para se deixar levar pelos desejos.

Satanás diz para João:

— Falei que eu não sou responsável pelo que acontece na sua vida.

João responde sem graça:

— Nesse ponto, você está correto.

E Jesus fala:

— Vamos analisar a próxima situação que você disse, seu emprego.

— Senhor! — disse João com aflição. — Lá é muita luta e perseguição.

Satanás disse ironicamente:

— Isso tem outro nome…

---

[12] Mateus 26:41, Marcos 14:38.
Nestes dois textos, Jesus ressalta a importância de estar alerta e orar em todas as situações. O espírito está preparado para tudo, mas o corpo físico é fraco e pode ceder a muitos desejos.

Jesus disse:

— Vamos conversar com seu superior para vermos o que ele diz. Alexandre, venha aqui, por favor.

Ele apareceu de repente. Um homem de meia-idade, branco, com pele bastante clara, alto, um pouco acima do peso, cabelo curto castanho-claro e olhos castanho-claros. Ele se curva perante Jesus e diz:

— Senhor Jesus, eis aqui o teu servo.

Ele se levantou, dirigiu-se para Satanás e disse com autoridade:

— Eu te repreendo Satanás! Volte para as profundezas do inferno em nome de Jesus!

E Satanás desapareceu gritando:

— Nãããããoooo!

João disse:

— Alexandre, como soube que era Satanás?

— O Espírito Santo me revelou.

Jesus disse a Alexandre:

— Muito bem, servo fiel. Mas ele estava aqui com a minha permissão. Satanás pode voltar.

Satanás voltou reclamando:

— Me expulsaram de novo! Está difícil manter uma conversa razoável.

Jesus disse a Alexandre:

— Como é o trabalho do João?

— Olha, Senhor. O João é um bom funcionário, porém ele não cumpre com as suas obrigações.

— Pode nos explicar melhor?

— Claro! Veja bem, quase todos os dias ele chega atrasado ao trabalho, ele não tem o menor compromisso com o horário. E ele sempre usa a mesma desculpa: "O trânsito estava horrível!" — disse Alexandre de forma irônica. — Ou então ele diz: "Meu carro teve um problema." Senhor, eu tento entender o lado dele, mas ele é o funcionário que mora mais perto da empresa e o que mais se atrasa.

— Além disso, Alexandre, como é o seu desempenho?

— Quando ele quer, ele trabalha muitíssimo bem. Faz tudo no prazo certo, sem erros e até acrescenta algo além do que foi pedido. Mas quando ele não quer… Hum… Não tem jeito, ele demora, fala que está muito difícil, faz a tarefa incompleta.

— E você pensa em demiti-lo?

— Senhor, infelizmente é uma possibilidade. Até os outros funcionários se sentem incomodados com o comportamento dele. Todos perguntam por que ele ainda está empregado. Eu fico tentando conter os ânimos, e dando mais uma chance para ver se ele melhora.

Jesus abraçou Alexandre e disse com confiança:

— Alexandre, muito obrigado pelas informações. Vai em paz e não desista, o João vai melhorar.

— Obrigado, Senhor.

Alexandre desapareceu.

Satanás disse ironicamente:

— Novamente eu não tenho culpa de sua vida ruim. É você mesmo quem procura seus próprios problemas.

João ficou bastante constrangido e não tinha resposta.

Jesus disse:

— João, assim está nas Escrituras: "Se alguém não quer trabalhar, também não coma[13]." Você precisa ter compromisso com seu trabalho e não ficar sendo preguiçoso e descuidado, isso é um péssimo testemunho para um cristão.

— Mas Senhor!

— Mas nada! Você está errado e sabe disso. Nem tente dar desculpas esfarrapadas.

João abaixou a cabeça e disse:

— Tudo bem, Senhor. Reconheço a minha culpa.

— Muito bem, esse é o começo para a sua mudança. Vamos prosseguir com o que disse: "Tenho tantas dívidas, o devorador está me arruinando."

— Ah! Ah! Ah! — Satanás interrompeu com uma gargalhada e disse: — Senhor Jesus, ele realmente acredita de coração nessa história de devorador e que sou o responsável pelas dívidas?

---

[13] 2 Tessalonicenses 3:10. O apóstolo Paulo ressalta a importância do trabalho como forma de manter o próprio sustento. Aqueles que não querem trabalhar, não podem comer.

— Sim, Satanás. Ele crê firmemente nisso.

— Ah! Ah! Ah! — Satanás gargalhou mais uma vez e disse: — É cada coisa que sou obrigado a ouvir. Até parece que ele não tem uma bíblia e um ótimo pastor para explicar sobre isso.

João estava inconformado com as palavras de Satanás e disse:

— Mas Senhor, a culpa é dele! Mesmo dando o dízimo e ofertas, ele tem me atacado, impedindo que eu desfrute o melhor dessa terra.

— Ah! Ah! Ah! — Satanás gargalhou outra vez e disse: — Desculpe Senhor, não consegui me conter.

— João — disse Jesus, — as coisas não funcionam bem assim. Dar dízimos e ofertas não impede que o dinheiro seja gasto de forma irresponsável. E para comer o melhor dessa terra é necessário muito trabalho duro, coisa que já vimos que você não faz.

João ficou envergonhado e disse desanimado:

— Sim, Senhor. Entendo.

— Vamos analisar sua vida financeira para esclarecer o que está acontecendo. Para nos ajudar vamos chamar o Rodrigo, seu melhor amigo. Rodrigo, venha aqui, por favor.

Ele apareceu de repente. Um homem com a mesma idade de João, moreno escuro, alto, magro, cabelo curto preto e olhos castanho-escuros. Ele se curva perante Jesus e diz:

— Senhor Jesus, eis aqui o teu servo.

Ele se levantou, dirigiu-se para Satanás e disse com autoridade:

— Eu te repreendo demônio dos infernos. Volte para o inferno em nome de Jesus!

E Satanás desapareceu gritando:

— De novo, nããããooo!

João disse em tom de revolta:

— Senhor, não tem como o Espírito Santo ter revelado para ele sobre Satanás, meu amigo é católico!

Jesus balançou a cabeça em sinal negativo e disse:

— Além de tudo de errado que faz, ainda tem esse tipo de pensamento. Ele tem fé verdadeira em mim e em meu Pai. E foi o Espírito Santo que revelou tudo a ele.

Jesus se vira para Rodrigo e diz:

— Muito bem, servo fiel. Mas ele estava aqui com a minha permissão. Satanás, pode voltar.

Satanás voltou reclamando novamente:

— Toda hora alguém me manda para o inferno! Desse jeito, está muito complicado!

Jesus diz a Rodrigo:

— Como você descreve a vida financeira do João?

Rodrigo suspirou e disse:

— Senhor, ele é bastante complicado.

— Complicado? Explique melhor.

— O João é uma boa pessoa, muito meu amigo, mas tem horas que ele parece que é viciado em comprar. Praticamente todos os meses ele aparece com um telefone celular novo, e não é porque o antigo estragou ou coisa do tipo, é tudo porque ele quer estar na moda e atualizado com o último lançamento.

— Além de celulares, ele compra mais algo desnecessário?

— Sim, Senhor. Ele compra muitas coisas desnecessárias. O João compra muito mais sapatos do que precisa, acho que ele está chegando a uns trinta pares. Roupas, só de marcas caras, ele chegou a comprar uma calça que custou quase um mês de salário. E tem o mais grave e custoso, ele troca de carro todos os anos.

— E como você acha que isso prejudica o João?

— Ele não consegue pagar nenhuma conta em dia, sempre paga quando já estão acumulando duas ou três contas atrasadas. Por causa disso, a esposa vive discutindo com ele. Mas ele não dá ouvidos e não muda. É uma situação muito complicada.

— Entendi.

Jesus abraçou Rodrigo e disse com confiança:

— Rodrigo, muito obrigado pelo esclarecimento. Vai em paz e não desista, o João vai melhorar.

— Obrigado, Senhor.

Rodrigo desapareceu.

Satanás se dirigiu a João acusando-o:

— Você fica me acusando de ser o devorador do seu dinheiro, mas o verdadeiro devorador aqui é você mesmo! Gastando desse jeito não há salário que aguente.

João olhou para Jesus com esperança de que ele lhe dissesse algo consolador e Jesus disse em tom de repreensão:

— João, não adianta fazer esta expressão de coitadinho. Infelizmente isso é verdade. Você não tem o mínimo de responsabilidade com a administração do seu dinheiro, parece uma criança em uma loja de brinquedos, tudo o que você vê, você quer levar.

João respondeu desanimado:

— É verdade, Senhor, não tenho disciplina com meu dinheiro. Preciso melhorar.

Percebendo que tudo em sua vida havia sido culpa de suas próprias ações, João faz um pedido a Jesus:

— Senhor, já vi que tudo o que está acontecendo é minha própria responsabilidade, acho que podemos parar por aqui.

— Nem pensar! — Satanás interrompeu de forma furiosa. — Você me acusou e caluniou, agora é hora de você ser confrontado com a verdade!

— Mas Senhor! — disse João, olhando para Jesus. — Já aprendi a lição.

Jesus respondeu:

— João, neste momento você aprendeu parte da lição, é necessário prosseguir até o final do que você disse, para que aprenda tudo.

João respondeu com desânimo:

— Sim, Senhor.

Jesus prosseguiu:

— Agora vamos ver o que você tem feito para sua saúde estar tão debilitada. Para essa análise, é você mesmo que nos esclarecerá.

— Tudo bem, Senhor.

— João, quando foi a última vez que você foi a um médico?

João não entendeu a razão da pergunta:

— O Senhor já sabe de tudo. Por que preciso responder?

— Você precisa responder para que você mesmo escute o que está dizendo. Assim, você irá compreender a razão de estar assim.

— Tudo bem, Senhor. Fui ao médico há uns cinco anos.

Jesus fez uma expressão de surpresa e disse:

— Cinco anos? Isso é muito tempo! Desse jeito não é possível fazer um acompanhamento sobre a sua saúde. Você deveria ir ao médico pelo menos uma vez por ano, ou então, quando sentir que algo está errado.

— É verdade, Senhor.

— E como você descreve a sua alimentação?

— Senhor, eu como quase tudo, exceto frutas e verduras, não gosto. Prefiro carnes, sanduíches, doces e quando compro verduras, gosto de batata e mandioca frita. Alimentos que me sustentam.

— Mas você sabe que esse tipo de alimentação é prejudicial à saúde. É preciso comer alimentos saudáveis, para que seu corpo esteja bem nutrido de vitaminas.

João ficou pensativo e disse:

— É verdade, Senhor.

— João, você faz algum exercício?

— Não, Senhor.

— Vejamos como é a sua vida. Você não vai ao médico, não tem uma alimentação saudável, não faz exercícios. É por isso que sua saúde está dessa forma.

Satanás interrompeu:

— João, agradeça a Jesus por ainda estar vivo, tem pessoas que por muito menos que isso já estão hospitalizadas e até mesmo mortas. É pela misericórdia de Deus que você ainda está vivo.

Jesus diz:

— Está vendo. Até ele sabe reconhecer o amor de Deus na vida das pessoas, você deveria fazer o mesmo.

João percebeu que mais uma vez sua vida estava assim devido às suas próprias atitudes.

Jesus disse:

— Agora, vamos analisar a última parte de sua fala, a falta de tempo para buscar a Deus.

Satanás disse:

— Este aí está mais longe de Deus do que pensa.

Reconhecendo seus próprios erros, João diz humildemente:

— Senhor, sei que não sou um bom cristão e que preciso melhorar em muitos aspectos, te peço um pouco mais de misericórdia e paciência, pois vou mudar. Agora, mostre o que tenho feito de errado.

Jesus estava admirado com as palavras de João e disse:

— João, agora você verdadeiramente aprendeu sobre sua responsabilidade. Para finalizar, vamos chamar seu pastor, para esclarecer sobre a falta de tempo para buscar a Deus. Mateus, venha aqui, por favor.

Mateus apareceu de repente, se curvou perante Jesus e disse:

— Senhor Jesus, eis aqui o teu servo.

Ele se levantou e olhou para Satanás, este pensou:

"E lá vamos nós de novo."

Quando ia repreendê-lo, Jesus o interrompeu:

— Mateus, não precisa repreendê-lo. Ele está aqui com a minha permissão. E só hoje, ele já foi enviado ao inferno três vezes.

— Tudo bem, Senhor.

Satanás disse aliviado:

— Ufa! Se mais um me mandasse para o inferno, eu nem voltaria.

João ficou impressionado com aquilo e disse:

— Pastor Mateus, como você sabia que ele era Satanás?

— No momento que entrei, o Espírito Santo me revelou que ele era o Diabo.

João diz:

— Quando eu o vi, não o reconheci como Diabo e quando tentei repreendê-lo, ele não saiu de minha presença.

72

Mateus responde em tom irônico:

— Nem imagino o motivo.

Jesus disse:

— Mateus, estamos aqui em um tipo de audiência sobre a vida do João.

— A audiência é por causa das reclamações do João sobre o ataque do inimigo em sua vida?

— Exatamente isso!

João ficou espantado e perguntou:

— Como soube disso, pastor? O Espírito Santo também te revelou?

— Não, isso eu deduzi a partir do que te conheço. Você sempre está reclamando do inimigo em sua vida e nunca parou para pensar em suas próprias atitudes. Vivo te dizendo isso, mas você não acredita.

— É verdade, pastor, você está certo. Jesus já me mostrou o quanto sou culpado pelo que ocorre em minha vida. Aprendi a lição.

— Isso é ótimo. Gostaria que tivesse me escutado quando eu disse.

Jesus disse:

— Mateus, agora, me conte como é a vida cristã do João.

— Sim, Senhor. O João é um cristão Silvio Santos[14], pois aparece só no domingo e às vezes, nem isso. Ele sempre tem algum

---

[14] Silvio Santos é o mais famoso apresentador de programas de auditório no Brasil. Ele sempre apresentou programas aos domingos.

compromisso nos horários das atividades da igreja. Uma vez, ele não foi ao culto na quarta-feira, porque o jogo do seu time de futebol favorito era no mesmo horário.

— Entendi. Além de não ir aos cultos, ele falha em mais algo?

— Sim. Ele nunca vai à escola bíblica. Outra coisa que ele faz muito é pegar trechos isolados da bíblia e tentar aplicar à sua vida em sentido literal, é nítido que ele nem procurou ler a bíblia para entender o contexto.

Jesus abraçou Mateus e disse com confiança:

— Mateus, muito obrigado. Não desista, ele vai melhorar.

Mateus olhou para Satanás e depois olhou para Jesus, e este disse:

— Sim, Mateus, pode fazer.

Satanás diz:

— Lá vamos nós de novo!

— Em nome de Jesus! Volte para o inferno!

Satanás desapareceu gritando:

— Nãããooo!

Mateus desapareceu.

— João, analisamos todos os aspectos da sua vida. E você mesmo viu que tudo o que ocorre é consequência de seus atos. Então, mude suas atitudes para ter uma vida diferente, pois um dia, pode ser tarde demais…

Jesus começou a caminhar e João tentou segui-lo, mas não conseguia andar.

João suplicou a Jesus:

— Senhor, volte, preciso da sua ajuda!

— João, eu sempre estarei com você, basta você saber ouvir a minha voz…

Agradecimento

Os sites abaixo contêm muitas informações úteis para a escrita deste livro.

Google Docs

Wikipedia

Agradeço ao site Pexels e ao autor Pixabay pela imagem base da capa.

Agradecimento especial

Agradeço a Deus que me capacitou e deu inteligência para escrever este livro.

Sobre o autor

Rafael Henrique dos Santos Lima

Graduado em Processos Gerenciais e M.B.A. em Gestão Estratégica de Projetos pelo Centro Universitário UNA. Cristão pela Graça de Deus. Apaixonado pela escrita (Português, Espanhol e Inglês), poeta e romancista.

Contatos

rafael50001@hotmail.com

rafaelhsts@gmail.com

Blog: escritorrafaellima.blogspot.com